Christiane Caroline Schlegel

Düval und Charmille

ein bürgerlich Trauerspiel in fünf Aufzügen - Von einem Frauenzimmer

Christiane Caroline Schlegel

Düval und Charmille
ein bürgerlich Trauerspiel in fünf Aufzügen - Von einem Frauenzimmer

ISBN/EAN: 9783743471153

Hergestellt in Europa, USA, Kanada, Australien, Japan

Cover: Foto ©Andreas Hilbeck / pixelio.de

Weitere Bücher finden Sie auf **www.hansebooks.com**

Düval und Charmille

ein bürgerlich Trauerspiel in fünf Aufzügen.

Von einem Frauenzimmer.

Leipzig,
bey Weidmanns Erben und Reich. 1778.

Vorbericht
des Herausgebers.

Gegenwärtiges Trauerspiel ist das Werk eines verheuratheten jungen Frauenzimmers. Eine ziemlich bekannte und leider! sehr wahre tragische Geschichte gab ihr den Stoff dazu, und es war ein bloßer Versuch, den sie zu ihrem Zeitvertreibe bey einer ländlichen Muße und ohne die geringste Absicht, ihn jemals der Welt im Drucke vorzulegen, ausarbeitete. Wird es nun aber diese dem Herausgeber verdenken, daß er es der Dunkelheit entrissen? Er fürchtet dieß weit weniger, als ihre Unzufriedenheit, daß er ihrer Bescheidenheit Gewalt angethan, und sie den Augen des Publikums dargestellt hat. Deswegen wird er sich auch wohl hüten, sie noch mehr durch viele Lobsprüche, so gerecht sie auch seyn mögen, zu beleidigen. Lobreden der Herausgeber sind ohnedieß verdächtig; und den Lesern die Schönheiten eines witzigen Werks zergliedern zu wollen, die er darinnen gefunden zu haben glaubt, sieht einem Mißtrauen gegen ihren eignen Verstand und Geschmack sehr ähnlich. Durch die Vereinigung des öffentlichen

Bey-

Beyfalls mit dem Seinigen hofft er inzwischen der vortrefflichen Verfasserinn Vergebung zu erhalten.

Was den moralischen Innhalt des Stücks betrifft, so könnte die schöne Abhandlung der Miß Hanna Moore über die Gefahr der empfindsamen Verbindungen junger Frauenzimmer,*) die in unsern Tagen so Mode sind, eine herrliche Einleitung zu diesem Trauerspiele abgeben. Der Charakter, den sie daselbst nach Miltons Beschreibung des Belials von einem empfindsamen Manne dieser, dem schönen Geschlechte so fürchterlichen Gattung schildert,

paßt

*) In derselben Versuchen mancherley Innhalts für junge Frauenzimmer S. 77.

paßt vollkommen zu dem Hauptcharakter desselbigen:

> He seem'd
> For dignity compos'd, and high exploit,
> But all was false and hollow, tho' his tongue
> Dropt manna, and could make the worse appear
> The better reason, to perplex and dash
> Maturest counsels, for his thoughts were low,
> To vice industrious, but to nobler deeds
> Tim'rous and flothfull; yet he pleas'd the ear.

Personen:

Heinrich Düval, Baron, Hauptmann und Kammerjunker des Prinzen von ***.

Mariane, dessen Gemahlinn.

Franz, ihr kleiner Sohn, zwölf Jahr alt.

Amalie von Charmille, Kammerfräulein der Prinzessinn von ***.

Frau von Doenberg, Stiefmutter des Fräulein von Charmille, Wittwe und ebenfalls im Dienste der Prinzessinn von ***.

Graf von Sternfeld, Hofmarschall und Düvals Freund.

Ein Hauptmann der fürstlichen Leibgarde.

Anton,

Anton,
Joseph, } Düvals Bediente.

Ein Mädchen der Frau von Düval.

Der Schauplatz ist zu ** in Düvals Hause.

Die Handlung dauert von früh zehn Uhr bis Abends gegen die nämliche Zeit.

Erster Aufzug.

Ein Zimmer in Duvals Hause mit drey Thüren. Eine zur Linken ins Vorhaus; die zweyte zur Rechten in Marianens Zimmer; die dritte in der Mitten in Duvals Kabinet. Im Zimmer sind Stühle, Tische, eine Wanduhr, ꝛc.

Erster Auftritt.

Mariane sitzt an einem Tische in einer traurigen Stellung, das Schnupftuch vor den Augen. Franz, auf ihren Schoos gelehnt, sieht ihr ins Gesicht, und ergreift sie bey der Hand.

Franz.

Liebste, beste Mama! Immer weinen Sie! — Freylich; der Papa . .

Mariane.

Was willst du sagen? — Laß mich, Kind! — und geh und frage ihn, ob er zu Hause und allein speisen wird?

Franz.

Sie schicken mich nur fort, damit Sie recht weinen können! Aber Mama — was hilfts? Es thun Ihnen nur Augen und Kopf davon weh, und Sie werden darnach krank. Er ist überdieß doch auch itzt nicht mehr so böse, wie sonst.

Mariane.

Ich habe dir gesagt, du sollst zum Papa gehn. — Geh, mein Franz!

Franz.

Wenn ich ihn nur nicht unwillig mache! Die Fräulein ist da.

Mariane.

Sind sie verschlossen?

Franz.

Franz.

Ich glaube nicht — ich will sehen — (geht nach der Thüre, die sich öffnet) der Papa!

Zweyter Auftritt.

Duval. Die Vorigen.

Duval.

Immer in Thränen, Mariane! Ich bitte dich, mache mich nicht unwillig! Ich bin thränenlos — Wär' ich nicht unglücklicher als du! sieh, so könnte ich auch weinen.

Mariane.

Ach! wer macht dich und mich unglücklich?

Duval.

Keine Vorwürfe — wenn du mich nicht rasend machen willst. Hab' ich mir sie nicht alle selbst gemacht? Oder — kann ich's ändern? — Zwinge mich nicht, dich zu beleidileidigen! — Ich kam, dich wegen dessen, was gestern geschah, um Verzeihung zu bitten. Sieh mich an! — mit deiner offenen Freundlichkeit — deiner verzeihenden Güte!

Mariane macht eine Bewegung, als wollte sie ihm um den Hals fallen, zieht sich aber wieder zurück.

(Für sich, mit einer traurigen Geberde.)

Er ist doch nicht mehr mein! Kann's nie wieder werden!

Duval verdrüßlich.

Franz! komm mit!

Franz.

Mama, soll ich den Papa fragen? —

Mariane.

Werden Sie zu Hause und allein speisen?

Duval.

Zu Hause! und gewiß ganz allein, in meinem Kabinet.

Ma=

Mariane halb verdrüßlich und kurz.

Gut.

Duval.

Mariane! Wenn du ruhig seyn könntest! Du hast eine Freundinn! — o unser beider Freundinn!

Dritter Auftritt.

Anton. Die Vorigen.

Anton.

Herr Baron, ein Brief!

Duval sieht den Brief an.

Ich will ihn nicht hier lesen — (er will in sein Kabinet gehn). doch, — die Fräulein ist in meinem Kabinet — mit der will ich ihn auch nicht lesen; er ist vom Grafen. Ich will sie her schicken, so wie sie vorhin mich schickte. — (zu Marianen warnend) Du wirst

wirst deiner Freundinn mit Achtung begegnen?

Mariane sieht ihm stillschweigend nach, scheint mit dem Kopfe zu neigen. (Seitwärts.)

Eine sehr überflüßige Erinnerung! — Ach! (Sie setzt sich.)

(Düval und Franz ab.)

Vierter Auftritt.
Mariane allein.

O der geliebte Verbrecher! — Aber sein Trübsinn, mehr als sein Ungestüm, schreckt mich. Er ist nicht mehr derselbe. — Wie er sonst dräute, tobte, schäumte, schreckte! — Itzt quält er sich in stummer Angst, hat nur selten Worte, am wenigsten heftige! — und Wally! Die arme Verführte! von ihm verführte! bloß von Liebe zu ihm vergiftet! — sonst geschmückt mit jedem Reize, jeder Anmuth,

jeder

jeder — Tugend möcht' ich sagen, wäre dein Name, o Tugend! nicht zu heilig — Ich sollte dich hassen? — Ich möchte dich lieben — Dir möchte mein Herz gern alle seine Noth klagen — Ach! du bist nicht Schuld! Es ist nur dein Unglück, daß du ihm — o dem süßen Verführer, in die Hände fallen mußtest! Wo ist die, die ihm entgieng? War ich nicht auch sein Raub? und, wär' ich Sie: würd' ich nicht eben so unglücklich, eben so strafbar seyn? —

Fünfter Auftritt.

Fräulein Amalie. Mariane.

Amalie indem sie aus Düvals Kabinett tritt und die letzten Worte höret, für sich.

Strafbar seyn! Sie spricht von Düval oder von mir. — (Laut, etwas schüchtern mit einer Verbeugung) Gnädige Fräul!

Ma-

Mariane.

Guten Morgen, Fräulein! Sind Sie lange da?

Amalie.

Ein halb Stündchen ungefähr, daß ich bey unserm Baron war. Seyn Sie nicht böse, Madam! Mich beunruhigte der gestrige Vorfall zwischen Ihnen beyden so sehr — ich mußte sehn, wie es stünde. Es war wirklich nur Uebereilung, üble Laune — hat er Sie um Verzeihung gebeten? Vergeben Sie ihm! (bittend und mitleidig) er ist itzt so beunruhigt, so ängstlich, seiner so wenig mächtig —

Mariane.

Es ist nicht das erstemal! ich bin dessen schon gewohnt. Geben Sie sich also keine Mühe.

Ama-

Amalie.

Ich verstehe Sie. Sie mögen seine Vertheidigung von mir nicht hören. Ach, gnädige Frau! (sehr beweglich) hassen Sie mich nicht, daß mein Herz so fühlt, wie das Ihrige! Gleichheit der Neigungen verbindet sonst Freunde. Ich — ich würde, wären Sie nicht so gut und liebenswürdig, als Sie sind, Sie doch blos darum lieben, daß Sie ein Herz für ihn haben — seinen Namen führen — und daß es wenigstens eine Zeit gab, da Sie seine ganze Glückseligkeit ausmachten.

Mariane.

Und wenn er Ihnen so theuer ist, daß Sie selbst mich um seinetwillen lieben könnten; zittern Sie denn nicht, daß eine Zeit kommen wird, da Sie, die Sie itzt seine ganze Glückseligkeit ausmachen ‒ ‒

Amalie.

Ach! die mach' ich nicht aus. Wär' er glücklich; woher die Unstätigkeit, der Trübsinn, die üble Laune, die Aengstlichkeit! — (treuherzig) Wissen Sie denn nicht, was ihn quält? —

Mariane.

Vielleicht sein Gewissen, das ihm vorwirft, den Frieden, die Ehre und die Unschuld so mancher Elenden zerstört zu haben.

Amalie.

Ach!

Mariane.

Sie seufzen? — zwar — vielleicht schläft auch sein Gewissen noch: vielleicht ist's die Furcht, Sie zu verlieren; vielleicht die Vorempfindung, daß er Sie nicht lange mehr lieben wird —

Ama-

Amalie heiter und lebhaft.

Nein, Madam, nein, das glaub' ich nicht. Mir ist nicht anders, als ob wir ewig unzertrennlich ... (Sie besinnt sich, erschrickt, fällt Marianen mit schmerzhafter Empfindung um den Hals und auf ein Knie, und verbirgt ihr Gesicht in ihren Schooß.) Ach Gott! was hab' ich gesagt! ...

Mariane beugt sich zu Amalien herab, drückt sie leicht an sich, und erhebt sie mit sich, läßt erst den einen, dann beyde Arme von Amalien los, und nimmt das Schnupftuch vor's Gesicht.

Armes, betrogenes Kind! — Dein süßer Traum — ach! er wiegte einst auch mich ein! Ich bin von ihm erwacht. Bereite dich auf dein Erwachen, daß es nicht zu schrecklich sey! Suche keine Treue, keine Zärtlichkeit in seinem Herzen! Es ist Stolz, Eitelkeit, Wollust und unmenschliche Verrätherey! Du bist nicht sein Erstes — wirst nicht sein letztes Opfer seyn! — (Nach einer Pause und auf die schluchzende Amalie zugehend) Glauben Sie mir, liebe Mally! Noch ist es Zeit — noch können Sie Sich retten, Ehre und guten Namen, Unschuld und die Gnade Ihrer Gebieterinn sich erhalten; und die Hoffnung auf ein rechtmäßiger beglückter Band . . .

Sechster Auftritt.

Duval. Die Vorigen.

Duval zu Marianen etwas heftig.

Sie gehen heute nicht in die Messe?

Mariane.

Ich möchte wohl! Ich dachte, ich wollte das Fräulein begleiten.

Duval.

Die Fräulein muß hier bleiben; ich habe mit ihr zu sprechen.

Ma-

Mariane.

Ganz recht; darum erinnern Sie mich an die Messe. — (etwas empfindlich) Sie könnten mir ja wohl gebieten, Sie allein zu lassen, oder sich in Ihr Kabinet verschließen.

Düval aufgebracht.

Ich könnte, ich könnte — ja; aber ich will hier, will allein seyn —— Haben Sie noch was zu fragen?

Mariane geht traurig ab, und Mally giebt ihr Mißfallen an Düvals Rauhigkeit zu erkennen. (Für sich.)

Schon wieder!

Siebenter Auftritt.

Amalie. Düval.

Amalie.

Was machen Sie doch, Düval! Haben Sie mir nicht versprochen, ruhig zu seyn?

Dü-

Duval.

Hab' ich itzt Zeit daran zu denken? — (wild) Ha Mally! Mally! — es wird wahr, was mir längst dräute.— (sich fassend) Lassen Sie uns leise reden! Der Graf von Sternfeld ist in meinem Kabinette. Er wartet auf meine Entschließung; o Mally! was ist zu thun?

Amalie erschrocken.

Ich weiß ja noch nicht, was vorgefallen ist?

Duval hastig.

Der Prinz weiß um unsre Liebe! — Die Prinzessinn — ha! die Hölle weiß, wer uns verrathen hat! Man droht mir, ich soll meinen Abschied erhalten, oder — — dich aufgeben! Dich! — Mauren und Gitter sollen dich verschließen!

Amalie entsetzt sich.

Himmel!

Duval.

Zwar wirst du dann keines andern — aber wer weiß? — und wann auch ... (sehr heftig) so bist du doch für mich verloren! — von mir auf ewig getrennt!

Amalie.

Nein, Duval; das kann nicht seyn — (etwas ruhiger) Aber es sind wohl bloß Drohungen? Meine Fürstinn war sehr gnädig. Noch heute früh, bey ihrem Aufstehen, redte sie mit mir liebreich und freundlich, foderte alle die kleinen gewöhnlichen Dienste nur von mir.

Duval.

Traue nicht! Traue keinem Menschen, der dich mir entreißen kann! Was die Fürfinn nicht treibt, treibt deine böse, stolze, neidische, heuchlerische Stiefmutter — (Pause) Warum will man doch mein Herz nicht an deinem Herzen hängen lassen, du Engel! Wirst du mich nicht zu einem bessern Menschen machen? Kann man alles, was gut ist, lieben und anbeten, und böse bleiben? Ist nicht schon mein Herz weicher und besserer Eindrücke fähig, seitdem ich dich liebe? Ist nicht Mariane, ist nicht Franz seitdem glücklicher und besser mit mir zufrieden?

Achter Auftritt.
Anton. Die Vorigen.

Anton.

Der Herr Graf will fort. Ob der Herr Baron entschlossen sind?

Du-

Duval unwillig.

Ich komme gleich — (Anton ab) das sind Henker! O Mally! heute muß ich Ja, sprechen, nur daß ich dich vom Kloster rette, und mich deiner versichere, biß ich Maasregeln genommen habe. Abschied — lächerliche Drohung! (zärtlich) Wenn Mally mir nur nicht den Abschied giebt? — (düster) Ah, daß ich diese Drohung, so wie sie's verdient, verachten könnte! Aber, du kennst meine Umstände — und die arme Mariane — durch meine Ausschweifungen arm! und der kleine Franz — die ich dem Mangel Preis geben müßte? — Doch, für die mag mein Fürst oder deine Fürstinn sorgen. Drängen sie mich doch!

Anton.

Der Herr Graf.

Düval ungeduldig.

Ja doch, zum Henker! (Anton ab) O so komm, (er schließt sie brünstig in seine Arme) die du dennoch mein bist (er küßt sie) — aber wie lange noch? (er sieht sie starr und düster an) sprich, wie lange?

Anton.

Gnädiges Fräulein, die Kutsche! (ab)

Amalie traurig.

Düval, leben Sie wohl! (er drückt sie fester an sich.)

Amalie mit einem leichten Streben los zu seyn.

Lassen Sie mich!

Düval.

Warum? — Das willst du?

Amalie.

Meine Pflicht ruft.

Düval.

Deine Pflicht? — wenn du in meinen Armen bist? (läßt sie ärgerlich los, und stößt sie

sie ein wenig von sich) Gut, so geh nur, wenn
dich deine Pflicht ruft. — Dieß ist das
Erstemal, daß ich das höre! — Geh nur!
geh ins Kloster! dahin wird sie dich auch
schicken, deine Pflicht; und du wirst gehen,
und denken, du hast viel, viel gethan, wann
du in der Morgen- und Abendbetstunde,
oder in der Festtagsmesse ein Gebet für den
verlassenen, verspotteten, verzweifelnden,
rasenden Düval mit trocknen Augen und
kaltem Herzen gebetet hast.

Amalie weinend.

Grausamer! — rede nicht so! lieber
tödte mich!

Düval.

Ist das Ernst? Recht so, meine Mally!
ich wartete auf diese Bitte. Hier! —
(er thut ein klein zusammengewickelt Papier in
ein Etuit, und giebts ihr.) Ein kleines wohl-
schme-

schmeckendes — ein — jedes Herzensweh heilendes Pulver! Dieß nimm auf den Weg zum Kloster! Vergiß nicht! denke, daß dann dein Düval auch nicht mehr lebt!

Amalie ist betäubt und sprachlos vor Angst und Entsetzen.

Neunter Auftritt.

Anton. Graf von Sternfeld. Die Vorigen.

Anton und der Graf treten zugleich ein, Anton durch die Vorhausthüre, der Graf aus dem Kabinet. Mally geht bestürzt und ängstlich ab, so bald Anton gesagt hat:

Die Kutsche!

Der Graf zugleich:

Nun? — Von solcher Gesellschaft mocht' es freylich so leicht nicht seyn, sich loszumachen; drum mußt' ich auch so oft nach

nach Ihnen schicken. — O Herr Baron!
Spotten Sie des Prinzen, so wie Sie der
Gesetze, der Tugend, der Heiligkeit der Ehe,
und selbst des armen verführten Fräuleins
spotten? Der Prinz ist nicht der Mann,
der sich spotten läßt.

Dùval.

Und ich nicht der Mann, der sich wie
ein Schulknabe drohen läßt. Der Prinz —
der Prinz — je nun der Prinz...

Graf.

Kann Sie der Prinz nicht seiner Dienste für unwürdig erklären? Oder — ist Ihnen die Ehre gleichgültig in seinen Diensten
zu bleiben?

Dùval.

Ehre in eines andern Diensten zu
seyn? — Ehre, wo man sich gebieten
lassen, drohen lassen, gehorchen, mit jedem
Augen-

Augenblicke erwarten muß, fortgeschickt zu werden, wenn man nicht will, wie er will?

Graf.

Stille, Baron! Ich bin zu sehr Ihr Freund, als daß ich Sie zu Schmähungen verleiten will. Sie wissen, wer der Prinz ist, und daß wir übrigen es für Ehre und Stolz halten, ihm zu dienen. Doch — es sey! haben Sie keinen Sinn mehr für diese Ehre; so denken Sie an Ihre Glücksumstände. Bedenken Sie, daß Ihre Gemahlinn und Ihr Sohn — oder wenn Sie für diese nicht sorgen — daß Sie und Fräulein Charmille Bedürfnisse haben, die befriedigt seyn wollen. Würde Ihnen ein Abschied auch bloß in dieser Rücksicht gleichgültig seyn? —

Duval macht mit zuckender Achsel eine verächtliche Geberde.

Graf.

Graf.

Ich weiß wohl. Sie sind ein Mann von Talenten, von Lebensart, allenthalben beliebt. So ein Mann macht sein Glück, wo er nur will. — Ich wollte Ihnen aber doch rathen, vorher einen festen Plan zu machen. — Sie werden freylich denken, daß dieß mich nichts angehe, und Sie haben Recht. — Wir wollen auch nicht darüber zanken. Ich richte bloß meinen Auftrag aus. Geben Sie mir die Versicherung, daß Sie Ihre Ausschweifungen bereuen, daß Sie nicht mehr an das Fräulein denken, keine Zusammenkünfte mehr mit ihr suchen — für Ihre liebenswürdige Mariane ein liebreicher Mann, und für Ihren Franz ein gewissenhafter und sorgfältiger Vater seyn wollen; so ist's gut. Dieß fodert man. —

Du

Dûval geht mit eingesteckten Händen und niedergeschlagenem Gesicht auf und ab, als ob er gar nicht auf den Grafen hörte.

Graf nach einer Pause:

Ich sehe, Sie wollen — oder Sie können mir itzt nicht antworten. Zeit zu verlieren hab' ich nicht. Bis morgen kann ich meine Antwort aufschieben. Ich erwarte die Ihrige oder Sie selbst morgen früh. Ich bitte Sie, stürzen Sie sich nicht selbst ins Unglück! (Der Graf macht eine Verbeugung. Dûval erwiedert sie sehr tief. Der Graf ab.)

Zehnter Auftritt.

Dûval geht tiefsinnig auf und ab. Nach einer Pause ruft er ihm nach:

Sie können heute oder morgen antworten, mein Herr Graf, wie es Ihnen beliebt. — (Pause) Aber warum treibt er's so? Warum

Warum schickt er mir nicht des Fürsten Brief, sondern bloß einen Auszug? Warum kam er so eifrig, und wartet nicht, bis ich antworte? — Sollte er das Fräulein — — der Verräther! — — soll' er sie für sich haben wollen? (Pause. wild) Sicher! — Fluch und Verderben über ihn! Wo wüßte der Prinz was ohne ihn? — Die Fürstinn? Ha! die Fürstinn war sehr ruhig, bis er und die Dornberg Lärm bliesen! — Wüßt' ich nur, ob du Muth hättest? — Nicht doch! nicht Muth — Liebe, Liebe, Mally! — hast du Liebe? — Liebe bis in Tod? — stärker als der Tod? — Sie nahm freylich das Gift; aber in einer Betäubung — und — wirft's weg, wenn sie ... nicht in's Kloster — nein, in eines andern Arme eilt! O eitles, schwaches, verrätherisches Geschlecht!

C Deine

Deine gepriesene Sanftmuth, dein Nachgeben — Leichtsinn, Schwachheit! Unfähigkeit eines festen Entschlusses — — Ist's nicht auch so bey dir, Mally? — Ich muß dich aufsuchen, spähen, durch deine Augen dein Herz ausspähen — sehen, ob du des meinigen würdig bist, oder zu der Klasse der gemeinen Weiber gehörst, die wenigstens würdig waren — von mir verachtet — bestraft zu werden. Ja, zum Trotz will ich dich in deiner geliebten Laube im Schloßgarten aufsuchen. — Die Fürstinn, der Graf, die Doenberg mögen zusehen und bersten. — Franz!

Eilfter

Eilfter Auftritt.

Duval. Franz.

Duval.

Hut und Stock!

Franz geht und bringt's.

Darf ich mit spatzieren gehn?

Duval.

Nein, itzt nicht. Sage der Mama, wenn ich um Eins nicht da bin, daß sie nicht mit dem Essen auf mich warten soll.

(ab. Franz begleitet ihn.)

Zweyter Aufzug.

Ein Dienstmädchen trägt das Frühstück und einige Kleidungsstücke hinweg; bringt das Zimmer in Ordnung, begießt Blumentöpfe, so da stehn u. s. w. Franz nimmt eine Schreibtafel oder Reisbret, und arbeitet Etwas.

Erster Auftritt.

Mariane. Frau von Doenberg kommen mit ihren Gebetbüchern und Rosenkränzen aus der Messe. Franz steht auf, nimmt seine Schreiberey mit sich, und geht in Marianens Zimmer.

Mariane.

Was sagen Sie, Madam, was soll vorgegangen seyn?

Frau von Doenberg.

Hat er Ihnen denn nichts gesagt?

Ma-

Mariane.

Kein Wort!

Frau von Doenberg.

So haben Sie auch den Grafen nicht gesehen?

Mariane.

Eben so wenig, ich gieng gleich in die Messe.

Frau von Doenberg.

Nun, wie ich Ihnen sage: Ihr Gemahl hat seinen Abschied erhalten. — Ihm geschieht Recht: aber — was soll aus Ihnen werden, beste Freundinn?

Mariane.

Das weiß Gott! — Was sonst? Er wird mich verlassen. Nur zu willkommen wird ihm die Gelegenheit seyn, die Bande vollends zu zerreißen, die ihn noch an mich heften. Ich kann ihr doch nichts mehr helfen,

helfen, wird er zu seiner Entschuldigung denken — und ich, ich verlier' ihn auf ewig! — und Ihre Mally?...

Frau von Doenberg.

O das böse, schändliche Geschöpf!

Mariane.

Nicht so! Madam, nicht so! Mally's Herz ist nur bestrickt, noch nicht in's Verderben gerissen. Ihre Unschuld...

Frau von Doenberg.

Sie unschuldig? Und das sagen Sie?

Mariane.

O die liebenswürdige Zauberinn! — Wenn Sie sie gesehen hätten, wie sie, da ich einst weinte, und bis zu Vorwürfen, durch die Unfreundlichkeit meines Mannes, wider sie gereizt war — wenn Sie sie gesehn hätten, wie sie sich zu meinen Füßen warf, ihre bittend gefaltene Hände,

und

und das redende, schwimmende Auge zu mir
erhob: „laß mich ihn lieben! laß mich ihn
„anbeten!" rief sie. „Ich kann's nicht
„ändern. — O lieb' ihn mit mir! stärker
„als ich, wenn es möglich ist! — Doch
„das ist nicht möglich. Laß unsre Her-
„zen Eins werden, darinnen er lebe! —
„Und wenn das nicht ist, laß mir Zeit, ihn
„aus dem meinigen zu reißen, ihn dir wie-
„der zu geben, ganz zu dem Deinigen zu
„machen." — So schwatzte sie jammernd
und weinend in süßem rührenden Wahn-
sinn; und ich drückte sie an mich, und ver-
gab ihr, daß sie den liebte, den ich — —
nie hassen kann!

(weint)

Frau von Doenberg.

Seltsam! sehr seltsam! romanhafte
Schwärmerey!

Mariane.

Ihr hatte ich meine ruhigern, friedsamern Tage zu danken, die ich, seit sie ihn beherrschte, genossen. Durft' er nicht mich verlassen, hintergehen, mein Vermögen an andre verschwenden, mir hart begegnen? Niemand strafte ihn!

Frau von Doenberg.

Also sind Sie wohl gar unzufrieden, daß der Hof sich Ihrer Sache annimmt?

Mariane.

Meiner Sache? Wann hab' ich geklagt? Es ist nicht meine Sache, die der Hof zu der seinigen macht. — Aber ach! werd' ich nicht in diese Strafe verwickelt? am meisten gestraft?

Frau von Doenberg.

Nun, nun! das wird der Hof nicht glauben, daß Sie es ihm so wenig Dank wissen.

wissen. Vielleicht ist's auch nur Drohung. Meinetwegen sey es was es wolle! Mich interessiret bey dem Handel nur meine Stieftochter; die muß in's Kloster.

Mariane.

Das billige ich sehr; nur nicht hart gehalten! Ich werde dadurch nicht glücklicher. Düval wird eine andre Maitresse finden, wie seine vorigen, boshaft, ruchlos, unverschämt, die ihn wider mich reizen, und in meinem Kummer triumphiren wird. Aber es sey! Ist es noch Zeit, Amallen zu retten, — ist das Kloster ein Mittel...

Frau von Doenberg.

Oder eine Heyrath, gnädige Frau?

Mariane.

Auch die; und noch besser! Nur nicht hier, nur nicht gleich, und nicht eher, als bis

bis Sie ihr einen Gemahl geben können? der ihre Liebe verdient und erlangt.

Frau von Doenberg.

Bedingungen genug für so Eine ‧ ‧ Verdienen kann sie ein jeder! (spöttisch) Wahrhaftig, ein kostbar Gut, um das man, wie um eine Rahel, ein Dutzend Jahre dienen könnte!

Mariane.

Theurer und edler als Sie denken, und — nehmen Sie mir's nicht übel — verstehen können.

Frau von Doenberg höhnisch.

So?

Zweyter Auftritt.

Anton. Die Vorigen.

Anton zu Marianen.

Gnädige Frau! Es will jemand mit Ihnen sprechen.

Ma-

Mariane zur Frau von Doenberg.
Vergeben Sie, Madam!

(geht mit Anton hinaus)

Dritter Auftritt.

Frau von Doenberg.

Neu! ganz eigen! die ereifert sich, weil ich auf ihres Mannes Maitresse schmäle. Ha ha ha ha! So gar arg mag's freylich nicht seyn — — (hin und her gehend) Aber glücklich genug für mich, daß ich der Fürstinn Einwilligung habe, sie in's Kloster zu schicken. Wie hart hielt es nicht! Auch sie hängt ihr Herz an das Mädchen. Ohne den ausgesprengten Verdacht der Schwangerschaft — aber freylich; so was giebt Aergerniß. Kleine Intriguen — je nun, die hat jede Fräulein und gnädige Frau, keine ausgenommen. — Nur
möcht'

möcht' ich wissen, wo die Hexe es hat, dadurch sie einnimmt. Du mußt fort! Fort mußt du! meiner Clare aus dem Wege! Ueberall trittst du ihr vor! In der Gunst der Prinzessinn, in den Augen des Grafen, des Thoren, der mir selbst wider seine eigene Absicht dienen muß.

Vierter Auftritt.

Mariane. Graf von Sternfeld. Frau von Doenberg.

Mariane.

Herein, Herr Graf! Dieser Dame ist die Sache auch kein Geheimniß. Eben benachrichtigt sie mich davon.

Frau von Doenberg zuthätig.

So ist es denn wahr, bester Herr Graf?

Graf.

Graf.

Leider! (leise zu Marianen) Nicht so ganz und nur noch Drohung — (laut) und wenn das den Herrn Baron nicht bewegt, die Bedingung einzugehen: so hat er gewiß Absichten, die mich für Fräulein von Charmille zittern machen.

Frau von Dornberg.

Wie? wenn er mit ihr davon gienge? — Je nun, möcht's doch! kein sonderlicher Verlust!

Graf.

Wie Madam? Sie sollen Mutterstelle bey ihr vertreten, und reden so!

Frau von Dornberg.

Nun; sollte ich mich etwa nicht freuen, ihrer los zu werden? Als ob ich nicht eigne Töchter hätte, deren Glück und Ehre mir am Herzen liegt.

Graf.

Graf.

Itzt sprach eine kleine Eifersucht aus Ihnen. — Aber, Frau von Doenberg! ich beschwöre Sie, lassen Sie unsere gnädige und weise Fürstinn selbst entscheiden! Treiben Sie sie zu nichts.

Frau von Doenberg.

Ey freylich! Schade, wenn die Welt und die schönen Herren darinnen so eine liebenswürdige Person verlieren sollten!

Graf.

In der That, das wär' es. — Amalie, hoff' ich, soll zurückgebracht werden können, ohne daß man sie einschließt. Glücklich dann der ihr unverbotene Mann, dem sie einst ihr Herz schenkt!

Frau von Doenberg.

Sehr begeistert! gerade als ob Sie selbst der glückliche Mann zu seyn hofften.

Graf.

Graf.

Hoffen? gewiß nicht!

Mariane.

Aber wünschen?

Graf.

Ist nicht verboten — wer kann wissen?

Frau von Doenberg voller Unwillen in ihrem Gesichte, indem sie aufsteht, für sich:

Sie muß noch diese Nacht fort — (sieht auf die Uhr, laut) Schon auf Eins? so muß ich eilen. Ich habe ohnehin was sehr dringendes vergessen. Leben Sie wohl, meine Freundinn! Muth und Weisheit ist hier vonnöthen. Ich wünsche Ihnen beydes.

(neigt sich gegen den Grafen und geht ab)

Fünf-

Fünfter Auftritt.

Mariane. Graf von Sternfeld.

Graf.

Erwarten Sie Ihren Gemahl zu Tische?

Mariane.

Kaum. Es ist über Eins; und er will ein für allemal, daß wir nicht länger auf ihn warten sollen.

Graf.

Ja, ja, um diese Zeit pflegt er sonst die Fräulein im Schloßgarten aufzusuchen, und auch nur vorhin sah ich ihn aus den Fenstern des Vorzimmers in größter Unruhe denselben durchstreichen. Vermuthlich hoffte er das Fräulein, wie gewöhnlich, in der Laube des Vogelhauses zu finden: aber heute betrügt er sich.

Mariane.

Wie so?

Graf.

Graf.

Unsre Prinzessinn war zu aufmerksam. Sie sah den Baron so gut als ich, und beschäfftigte das Fräulein sogleich mit hundert kleinen Freundschaftsdiensten, die sie von ihr foderte: Auch mußte sie ihr eine Zeichnung zu einer Stickerey ordnen und auftragen helfen; und es war ihr unmöglich, sich zu entfernen.

Mariane.

Wird es was helfen?

Graf.

Das denk' ich. Je weniger sie sich sehen, desto besser. Und je eher sich Mally drein finden lernt, ihn nicht zu sehen: desto leichter wird ihr die Trennung von ihm werden, wenn sie ins Kloster muß.

Mariane.

Ist das Ernst?

Graf.

Graf.

Unsre fromme Fürstinn hält es wenigstens für die sicherste Zuflucht eines, von unordentlicher Leidenschaft bestürmten Herzens. Nicht zur Strafe; aus wahrer Sorge für der Fräulein Ruhe und Ehre schickt sie sie dahin.

Mariane.

Vor der Welt sieht's doch wie Strafe, und befleckt die Ehre, ohne die Ruhe zu retten. Einsamkeit und Stille dienen oft Leidenschaften mehr zur Nahrung. Eine Vermählung

Graf.

Wäre freylich allemal besser. Aber sie muß erst von dem Baron los seyn, oder er von ihr.

Mariane.

Kaum läßt sich's begreifen, daß er wider seine Natur in dieser Leidenschaft so beständig big ist. Aber freylich; Mally ist auch keine Waller, keine Steinfeld, keine Dalheim. — Nicht coquett, eitel, eigennützig, eigensinnig, wetterläunisch, eifersüchtig, und stolz. — Sie ist ganz Liebe, ganz sich hingebende Zärtlichkeit; und so rein und durchsichtig ihr Herz, wie ein klarer Bach. Ohne buhlerische Künste, lauter rührende Einfalt und sich selbst vergessende Güte.

Graf.

Ich hörte immer Gutes von ihr; aber ein solcher Lobspruch aus Ihrem Munde — ist zugleich Ihr eigner Lobspruch, und der größte Beweis von Ihrer edlen Seele. Wie Schade, daß Sie nicht Freundinnen seyn können!

Mariane.

Sie ist meine Freundinn. Am Hofe und in der Stadt habe ich keine ergebnere,

D 2 keine,

keine, zu der ich mehr Vertrauen haben könnte, die mich so liebte. Düval ist viel zu unbeständig, unruhig und begehrlich. Er wird es gewiß endlich müde werden sie zu lieben: aber die itzige Verfolgung entzündet das Feuer mehr, als daß es dasselbe dämpfen sollte. Unterdrückte und verfolgte Liebe macht standhaft und hartnäckig.

Graf.

Die Doenberg ist die Triebfeder. Sie möchte um ihre Stieftochter besorgt seyn, das würde ihr niemand verdenken. Aber ihre Bewegungsgründe sind nicht rein. Es liegt ihr nicht daran, ob das Fräulein verloren geht: vom Hofe nur will sie sie entfernen, und so vom Herzen der Prinzessinn.

Ma=

Mariane.

Und noch mehr von dem Ihrigen! — Wären nur Sie und der Baron nicht an Einem Hofe: so könnte wohl Mally. • • •

Graf lebhaft.

Die Meinige werden?

Sechster Auftritt.

Duval. Mariane. Graf von Sternfeld.

Duval, der die letzten Worte gehört hat, stürzt wütend herein.

Die Deinige werden? unmenschlicher Verräther! die Deinige will sie werden? (Er ist ohne Degen, und scheint den Stock aufheben zu wollen.)

Mariane schreyt, und fällt ihm in die Arme, daß der Stock auf die Erde fällt.

Graf gesetzt.

Baron!

Düval.

Ha! war die Laube darum einsam, daß sie mit dir am Putztische der Prinzessinn liebäugeln — mit dir meiner Verzweiflung, meiner suchenden Angst hohnlächeln möchte!

Graf.

Hohnlächeln? Wie wenig kennen Sie mich! Ich zittre für Ihr und Mally's Schicksal. War ich nicht immer Ihr Freund? und Mally . . . ja, ich liebe sie innig und redlich, wenn ich gleich nicht um sie rase und stürme, wie Sie.

Düval.

Weil du sie nicht verlieren wirst! weil du dich ihrer durch schändliche Verrätherey versichert hast, Betrüger?

Graf.

Halt! nicht zuviel, Düval! Das geht mich zu nahe an.

Dü-

Duval.

O ihr kalten Winterseelen hängt wie giftige kriechende Spinnen fast unbeweglich in eurem Gewebe, lauert und schießt dann auf das unschädliche, im Sonnenglanz flatternde Insekt, es zu verstricken.

Graf.

Baron! Lassen Sie es genug seyn; wenn ich gleich der nicht bin, den Sie schmähen. Sie wissen meinen Auftrag, wissen, von wem er kömmt. Und sage ich ein Wort mehr, so ist es die Stimme der Freundschaft für Sie, Ihr Weib und Kind.

Duval mit bittern Hohngelächter.

Und was räth denn die?

Graf.

Das zu thun, was Ihr Fürst, Ihre Fürstinn, Ihre Ehre, Ihr Gewissen und

D 4 die

die Rechte Ihrer verdienstvollen Frau von Ihnen fordern.

Duval wirft sich in einen Stuhl, der am Tische steht: trotzig zum Grafen.

Nichts weiter?

Graf.

Nein, nichts weiter! Suchen Sie Ihr Herz von einem Gegenstande, der es nun einmal nicht beherrschen darf, loszumachen, und zu dem zurückzukehren, den Sie Sich vormals selbst gewählet, die Ihre Liebe verdient, wie Mally; von Gott und Menschen, von Ehre und Tugend gebilligt, nicht wie Mally.

Duval.

Da schimpfen Sie Mally, damit ich nicht glauben soll ..

Graf.

Graf.

Ich schimpfe Mally nicht; auch will ich Sie nicht beleidigen. Es mag Schwachheit, Taumel, Verirrung auf beyden Seiten seyn; aber Sie müssen die Augen öffnen und vom Abgrunde zurücktreten. Wollen Sie Sich hinabstürzen? wehe Ihnen! aber gewiß, hindern wird es die Fürstinn, daß Sie ihren Liebling nicht nachreisen, und Sie um Ehre, Glück und Unschuld bringen. Sie wird sie in ein Kloster flüchten, zwar nicht auf Lebenszeit, sondern bis sich ihr Herz gefaßt hat; und was alsdann ihre Wahl seyn wird . . .

Duval kalt und immer bitter lächelnd.

Vermuthlich Sie?

Graf.

Graf.

Nicht doch Baron! Ich habe keine Ansprüche. Das Kloster, ein Andrer oder ich — Das Fräulein kennt mich kaum, und nicht mehr als jeden andern hier am Hofe —

Duval springt ungeduldig auf.

O die tödtende kalte Plauderey! Aus Barmherzigkeit verlassen Sie mich!

Graf.

Und aus Barmherzigkeit für Sich, aus Mitleid für die Ihrigen vergessen Sie nicht, was ich Ihnen gesagt habe! Sie sind gewarnt! zum letzten male gewarnt — von einem, der ihr unerkannter Freund war —

Duval halb für sich.

Ein Freund — ein Mörder, Straßenräuber! Geh nur, geh, du hast mir Gift gege-

gegeben, das wird mich nähren, wenn es mich nicht umbringt.

Graf zu Marianen, der ihr die Hand drückt. Arme Frau! — Vielleicht seh' ich Sie gegen Abend wieder. — (er beugt sich gegen Marianen) Baron! Noch einmal bedenken Sie Ihr Bestes! (ab)

Duval stampft mit Füßen, ihm nach.

Fort, fort! kriechender, geschwätziger, süßer Höfling! daß ich dich nicht eher in den Abgrund stürze, den du mir mit deinen Durchlauchtigen Würgengeln graben hilfst! —

Siebenter Auftritt.

Franz. Duval. Mariane.

Franz.
Ob nun angerichtet werden kann?

Du-

Duval.

Ihr könnt essen! Eine Flasche Wein und einen Biscuit auf mein Kabinet! und daß mich niemand störe! hört ihr's? Niemand! (ab)

Mariane.

So komm denn abermal, Franz, zu einer einsamen traurigen Mahlzeit! — Wie lange werden wir sie noch mit unsern Thränen anfeuchten müssen! Ach! daß es meine letzte wäre!

(Mariane und Franz ab.)

Dritter Aufzug.

Die Bedienten tragen Speisen in das Zimmer der Frau von Duval, und den Wein und Biscuit in das Kabinet. Sie gehen verschiedene mal mit zum Essen gehörigen Sachen durch das Zimmer.

Erster Auftritt.

Duval mit einem versiegelten Billet. Joseph.

Duval.

Joseph! Anton! Keiner da? — (Joseph kömmt.) Hier! Diesen Brief den Augenblick zum Grafen von Sternfeld und Antwort! (Joseph ab)

Duval geht unruhig auf und ab.

Auch du mußt sterben! — Meine ganze Seele dürstet nach deinem Leben — aber

aber nicht meuchelmörderisch, wie du mich — (Pause, sich bedeutend) Wenn er aber mich tödtet? — Nun so hat er sie! — (geht hastig auf und ab) — Gott der Liebe! könnte sie die Frechheit haben, und meinen Mörder ••• (zärtlich) Engel! wo bist du? daß ich zu deinen Füßen sinke, und dir die Sünde dieses Gedankens abbitte! — (Pause, und gefaßt) Du wirst also nie sein seyn? Auch nicht wann ich lebe? — Nein! denn das leid' ich nie! — Nun so könnt' ich ihn ja auch leben lassen — So möcht' er die Quaal haben zuzusehen, wie Mally einen andern zu lieben weiß. — Je! so mag er leben! Denn wär' ich glücklich, wär' ich sein Mörder: so müßte ich doch fliehn — und sie verlassen.

Zwey-

Zweyter Auftritt.
Anton. Duval.

Anton.

Die Frau von ...

Duval.

Wo ist Joseph?

Anton.

Joseph gieng auch, und sehr eilig.

Duval verdrüßlich und für sich.

Ha!

Anton.

Die Frau von Doenberg läßt sich erkundigen, ob sie die Erlaubniß haben kann, den Herrn Baron in einer angelegenen Sache auf ein halb Stündchen zu sprechen?

Duval.

Sie mag! — Ich wollte, daß sie ... (Anton ab.) Was mag die wollen? Von mir?

mir? Die Schlange! — Wo werde ich Geduld hernehmen, sie anzuhören?

Dritter Auftritt.

Frau von Doenberg. Duval.

Frau von Doenberg tritt eilfertig herein, und thut geheimnißvoll.

Sind Sie auch allein, lieber Baron? Wo ist Ihre Frau?

Duval.

Mariane hat allein gespeist; und bleibt gewöhnlich eine Stunde nach der Mahlzeit in ihrem Kabinette.

Frau von Doenberg.

Vortrefflich! Kommen Sie, Herr Baron, setzen Sie sich! Ich habe wichtige Dinge entdeckt.

Duval.

Die Sie selbst angesponnen haben?

Frau

Frau von Doenberg.

Was fällt Ihnen ein? Hören Sie: es ist gewiß, daß man Mally noch dieſe Nacht in's Kloſter bringen wird.

Duval.

Und Sie machen vermuthlich die Anſtalt dazu? Wozu Sie mir aber dieſe Nachricht geben...

Frau von Doenberg.

Das begreifen Sie nicht, weil Sie nicht wiſſen, wie ſehr ich Ihre Freundinn bin; wie ſehr ich meine Mally liebe! (weint) O das ſüße Mädchen! Wenn ich ſie auf ewig verlieren ſollte!

Duval.

Nun, was wollen Sie denn thun?

Frau von Doenberg.

Ach, Herr Baron! auch Sie dauren mich. Ich weiß nur zu gut, wie ſehr Ihr

Herz

Herz an Mally hängt. Mally Ihnen nehmen heißt Ihnen das Leben nehmen.

Duval.

Ganz recht. — Und mein Leben muß
Ihnen sehr verhaßt seyn; denn wer treibt
die Sache, als Sie?

Frau von Doenberg.

Ich? Behüte Gott! — Freylich ist's
wahr, Amalie kann nicht hier bleiben.
Ihr unvorsichtigen und doch mißtrauischen
Verliebten habt Eure Sachen zu öffentlich
getrieben! Hättet Ihr mich zur Vertrauten, zur Gehülfinn gemacht: so könntet
Ihr heute noch ungestört glücklich seyn.

Duval.

Was Vertraute! Was Gehülfinn! —
Uns zu lieben brauchten wir weder Vertraute noch Gehülfen. Unsere Herzen sind
Eins. Wenn man die in Freyheit ließ,
uns

uns das Glück, uns zu sehen, uns zu lieben, nicht beneidete — — Wem kann in aller Welt daran gelegen seyn, Mally mir zu entreißen? Mariane wünscht es nicht: sie weiß, daß Mally ihre Freundinn ist, und daß ich um Mally willen alles für sie thue. Und wer sonst kann sie Eintrag thun? Hat sie einen Anspruch, eine Leidenschaft, einen Wunsch, als mich zu lieben? Sie hindert, sie stört keines Menschen Entwürfe, bekümmert sich um keines Menschen Absichten. Sie und Clara allein ...

Frau von Doenberg.

Ich und Clara — und warum sollten wir es seyn, die Mally zu entfernen wünschen? Vielleicht weil Clare den Grafen liebt? — und der Graf — sollte der sich so vergessen, nach dem Aufsehen, das

E 2 Ihr

Ihr Liebeshandel gemacht hat, noch an Mally zu denken? Kaum glaublich! doch wär er albern genug, so wär es ein Beweis, daß das Herz des Menschen thöricht und eigensinnig, und die Liebe blind ist.

Duval.

Was heißt das alles, wenn Mally mich liebt.

Frau von Doenberg zuckt die Achseln.

Mally ist ein Frauenzimmer — jung — und eitel, leichtsinnig und unbeständig, wie alle.

Duval.

Aber nicht alle sind wie Mally. Ich kenne welche, die der Vergleichung nicht werth sind.

Frau von Doenberg.

So wollen wir ihr ihren Werth lassen. — Ich kenne mich, mein Geschlecht, und

meine

meine Stieftochter … doch — wer würde es ihr verargen? Der Graf — schön, von blühender Gesundheit, unbescholtenen Sitten, reich an Gütern und Gunst des Fürsten, von hohem Range, fähig noch höher zu steigen — unvermählt …

Düval düster.

Unvermählt!

Frau von Doenberg mit Nachdruck.

Unvermählt — Wenn Mally von Ihnen getrennt, von Ihnen entfernt unter dem Schutze der Prinzessinn bleibt: so könnte sehr wahrscheinlich der Graf sich um sie bewerben, und — sie erhalten, das versteht sich.

Düval in sich.

Ha! (schlägt sich vor die Stirne)

Frau von Doenberg.

Wenn Sie nun dem allen zuvorkämen?

Düval lebhaft.

Wie das?

Frau von Doenberg geheimnißvoll.

Um zwölf Uhr ist unser Wagen zur Reise in's Kloster bestellt. Es käme drauf an, daß zwo Stunden vorher ein anderer, aber zu einer andern Reise, bestellt würde.

Düval steht auf.

Wohin? Ich bin fremd in diesem Lande. Keine Bekannte, keine Freunde — keine Sicherheit und — kein Geld!

Frau von Doenberg steht auch auf.

Dafür wollte ich sorgen. Freylich müßte die Sache sogleich beschlossen, und sehr geheim ausgeführt werden.

Düval.

Sogleich — (sehr unruhig) ja, das ist sogleich geredt: aber nicht sogleich gethan. — Halt! Sie haben aber doch tausend Ideen

Ideen in mir erregt! — Ich muß den Schritt überlegen! — er ist zu wichtig. — Verlassen Sie mich itzt, ich bitte Sie! In ein oder zwo Stunden wart' ich Ihnen auf.

Frau von Doenberg.

Nur nicht zu lange besonnen! Vergessen Sie nicht, daß dieß das einzige letzte Mittel ist! — Eine Stunde gebe ich Ihnen Zeit. Kommen Sie nicht, so will ich selbst Ihr Bestes besorgen: ich sehe, Sie sind unfähig dazu. (ab)

Vierter Auftritt.

Duval allein.

Welch ein Labyrinth! — Ich soll sie entführen? Wohin? — Und wenn man uns nachsetzt? — — Denn es ist doch beschlossen, man will dich von mir reißen,

und

und — auch das bleibt nicht aus — einem andern geben? — Das soll nicht seyn! Die Erde hat noch einen Winkel, wohin sie uns nicht verfolgen können! — über der Erde oder unter der Erde. Auch du sollst deinen Zweck nicht erreichen, Betrügerinn! — Ha! und ich konnte mich bedenken, nur einen Augenblick deiner Schlangen-, deiner Lügenzunge Gehör geben? Du weißt, wir können nicht unbemerkt fortkommen. Man verfolgt und entdeckt uns, das willst du, das! — dann wäre Mally beschimpft, eine Entlaufene, unwürdig ihrer Clare Nebenbuhlerinn zu seyn, ihrer Freyheit beraubt, mir geraubt! — Nein, nein, deinen boshaften Zweck sollst du nicht erreichen! — Arme Mally! woher hast du so viel Feinde? Ich will dein Freund bleiben! Un-

glück-

glücklich will ich dich nicht machen helfen: aber sicher! aber frey! –

Fünfter Auftritt.

Anton kommt mit Kaffeezeug herein, und macht den Tisch zurecht. Duval.

Duval.

Ist Joseph noch nicht da?

Anton.

Nein!

(Es klingelt. Indem es Duval hört, geht er in sein Kabinet. Anton läuft ins Vorzimmer, und gleich zurück nach Marianens Zimmer.)

Anton in's Zimmer redend.

Das Fräulein von Charmille.

Sechster Auftritt.

Mariane und Amalie von Charmille treten zugleich durch entgegen gesetzte

Thüren herein und grüßen einander. Anton geht ab und zu, bringt Kaffee, u. s. w.

Amalie sehr geputzt.

Noch nicht angekleidet, liebe Freundinn? Ich komme, Sie abzuholen.

Mariane.

Wohin, Fräulein?

Amalie.

Zur Reinfort! Kommen Sie mit!

Mariane.

Heut ist mir nicht, als ob ich ausgehen möchte.

Amalie.

Warum nicht? Der Tag ist lieblich und heiter.

Mariane an die Stirn weisend.

O ja! aber hier! — hier ist's trüb' und traurig.

Ama-

Amalie *zärtlich.*

Ist Ihnen nicht wohl?

Mariane.

Mir wäre wohl, wenn —

Amalie.

Der Baron heiter wäre? — nicht wahr? — Wo ist er? Wir müssen ihn mitnehmen. Er muß sich zerstreuen. Bey Reinforts ist er sonst gern. Die Gesellschaft ist angenehm vermischt, das Gespräch leicht und geistreich; nicht träg und leer.

Mariane.

Ich zweifle, daß er mitgeht.

Amalie.

Wo vergräbt er sich aber?

Mariane.

In sein Kabinet. Da hat er auch gegessen, oder vielmehr gefastet.

Ama-

Amalie.

Darf ich ihn rufen?

Mariane.

Wenn jemand es darf, so sind Sie es.

Amalie.

Gewiß, Sie denken, ich gelte noch mehr bey ihm, als wahr ist. Doch ich will einen Versuch machen. — (sie schleicht an die Kabinetsthüre und klopft leise) Er hört nicht; oder stellt sich so. — Er geht auf und ab. Ob ich noch einmal klopfe?

Mariane.

Warten Sie ein wenig; vielleicht kömmt er. — Gute, liebe Mally!

Amalie küßt sie.

Was wünscht meine Freundinn?

Mariane.

Süßer Name! In der That, Sie sind meine Freundinn. Immer bewiesen Sie mirs.

mir's. Noch Einmal sollen Sie mir's beweisen. (Anton trägt Kaffee herum) Trinken Sie! (indem sie eine Tasse nimmt) darnach will ich mich ankleiden. Unterdessen suchen Sie ihn zu sprechen. — In der That, meine Liebe, Sie müssen Sich itzt Beyde etwas versagen. Sie allein können ihn so weit bringen, daß er nachgiebt. Es ist unumgänglich nöthig. Der Prinz ist über Ihren zu vertrauten Umgang beunruhigt; die Prinzessinn nicht minder. Duval ist mit der Ungnade seines Herrn bedroht; Ihnen droht man nicht; aber man wird gewiß Maaßregeln nehmen, Ihren guten Namen zu retten. Dieser ist in Gefahr befleckt zu werden. Auch der Nachsichtigste kann Ihren Liebeshandel nicht für unschuldig halten: und Duval... Ach Amalie! Sie hören hier nicht die Eifersucht

einer

einer Frau, und wenn sie es noch zehnmal mehr Ursache hätte; nein, es ist bloß die Freundinn, die mit Ihnen spricht — Düval — hüten Sie Sich vor Düval! Er ist ein ungestümer, heftiger Mann, seiner Leidenschaft nie Meister — — ein Wütrich, wenn er ... St!
(Man hört an der Kabinetsthüre ein kleines Geräusch.)

Amalie.

Aber was kann, was soll ich ihm sagen? was thun?

Mariane.

Still! er kömmt.

Siebenter Auftritt.

Düval. Amalie. Mariane.

Düval.

Sie hier, mein Fräulein?

Ama.

Amalie.

Haben Sie mich nicht gehört? Ich klopfte schon vorhin an Ihre Thüre.

Duval.

Ich hörte so was — (mit Leidenschaft) Mein Herz muß schon halb todt seyn, weil es dein Klopfen nicht verstand.

Mariane.

Willst du nicht eine Tasse Kaffee? Du hast so wenig gegessen.

Duval.

Nun ja! weil wir drey noch Einmal so ruhig und allein beysammen sind. — Gieb! er soll mir herrlich schmecken. (er setzt sich zwischen Marianen und Amalien) Nehmt mich zwischen Euch. — (er faßt jede bey einer Hand, und führt sie zugleich zum Munde) Ihr seyd doch die beyden Besten

eures

eures Geschlechts, die ich je gekannt habe! Könnt' ich euch in Ein und mich mit euch zu Einem Wesen vereinigen! — (sehr melankolisch) Wär es auch nur zu Einem Staube! — In diesem Leben sind doch die zärtlichsten, engsten Bande nur ein abgerissenes, verstümmeltes Stück, nur ein Schatten von Vereinigung — (hält tiefsinnig inne. Mit Affekt) O es ist eine elende Welt, Mally!

Mariane sieht ihn traurig an.

Amalie gerührt.

Lieber Baron, reden Sie nicht so melankolisch!

Duval.

Ja freylich; Sie sind heiter! wie eine Braut geschmückt! — Vielleicht haben Sie freudigere Aussichten in die Welt.

Mariane.

Schmähen Sie die Welt nicht. Gab es nie Zeiten, da Sie auch sehr wohl mit ihr zufrieden waren? Es liegt immer an uns, wenn wir nicht glücklich sind. Wir könnten es alle seyn; nur Eigenwille und Leidenschaften – – –

Duval.

Gute Mariane! moralisire nicht! Laß mich immer ein wenig murren und über das klagen, was mir eine Last ist; ich befinde mich besser dabey —. (die Damen schweigen bekümmert) Aber für wessen Augen ist Mally so glänzend?

Amalie ein wenig betroffen.

Für keines. Es ist Gallatag — und ich bin zum Besuch zur Frau von Reinfort versprochen.

Duval.

So? — Ja, ja; dort verſammeln ſich Richter der Schönheit und der Eleganz. Der Graf zum Exempel?

Amalie.

Wird nicht da ſeyn.

Duval.

Sie haben Sich darnach erkundigt?

Amalie.

Nein; aber er fuhr mit dem Oberſtallmeiſter nach Lindenſtein. — Unſre Freundinn (liebkoſend) würde aber mit Vergnügen einen andern Richter der Schönheit und des feinen Geſchmacks in ihrem Zirkel ſehen.

Mariane eben ſo.

Ja, lieber Baron! Sie müſſen uns begleiten. Sie ſind bald angezogen.

Du-

Duval.

Das wohl! aber ich bin nicht aufgelegt. Ich war den ganzen Tag düster.

Mariane.

Eben darum sollen Sie Sich zerstreuen.

Amalie.

Die Einsamkeit ist Ihnen nichts nütze. Was können Sie heute zu Hause machen?

Duval.

Ich werde auch nicht zu Hause bleiben. Ich habe versprochen, jemanden zu besuchen: also ‥

Amalie zu Marianen.

Also müssen wir wohl allein gehen?

Mariane.

Leider! (sieht auf) Ich will mich zurecht machen. (liebreich) Und Sie nicht, lieber Baron?

Düval.

Diesmal nicht, mein Kind.

Achter Auftritt.

Düval, Amalie von Charmille.

Düval.

Liebe Mally!

Amalie.

Was verlangt mein Düval?

Düval.

Ich begreife nicht, wie man so heiter seyn kann!

Amalie.

Soll denn alles trauren, weil Sie nicht heiter sind?

Düval etwas wild.

Ahndet dir nichts? (Amalie sieht ihn bestürzt an) Nichts vom Kloster?

Ama-

Amalie.

Vom Kloster?

Düval.

Nichts von Trennung?

Amalie sucht in der Tasche.

Düval umfaßt sie brünstig.

O du Liebe! Du suchst mein Pulver, das Mittel dafür? —

Amalie.

Heut' erschreckten Sie mich damit — aber sehn Sie, nun ist's vorbey! Trennung ist Schrecken und Tod — — (sanft) Dieß nicht! Müßt' es ja seyn: nun so wär es ewige Sicherheit und Vereinigung, wie du sagst. Ueberhaupt, ich fühle eine wunderbare Ruhe. Ich denke herum an alles, was diesen Morgen gesprochen worden: nichts beunruhigt mich. Mir ist, als ob mich das alles nicht angienge, als ob aller Kummer für die Zukunft . . .

Dûval.

Unnöthig wäre; nicht so? Ha! Du hast Recht! Du bist weiser in deiner Stille, als ich in meinem Sturme. Ich denke, ich habe dein Geheimniß errathen! Bey Gott, es ist das meinige! glaube mir! (gelassener) Nun bin ich auch ruhig, nun ich weiß, wie du denkst. — Ich wollte dir von deiner Stiefmutter erzählen: aber nun brauche ich's nicht.

Amalie.

Haben Sie meine Stiefmutter gesprochen?

Dûval.

Sie war hier mit Vorschlägen.

Amalie.

Trauen Sie ihr nicht, was sie auch sagt. Sie hätte mich lieber zu Fehltritten

ten verleitet, daß die Prinzeſſinn mit Recht mich beſtrafen, die Welt mit Recht mich für entehrt halten möchte.

Dúval.

Auch hier merkt' ich dieſe Abſicht.

Neunter Auftritt.

Mariane. Die Vorigen.

Mariane.

Ich bin fertig; (zu Duval) und Sie haben Sich nicht bereden laſſen?

Dúval.

Nein! Aber gehen Sie nur. Ich habe in der That noch einige Geſchäffte, und werde nun ganz zu Hauſe bleiben. Seyn Sie nicht allzulange aus!

Mariane.

Mein Beſuch wird ganz kurz ſeyn.

Duval.

Gut, mein Kind!

(Er begleitet die Damen bis an die Thür, und sieht ihnen nach.)

Zehnter Auftritt.

Duval allein.

Sie ist doch ein himmlisches Wesen! eine Graziengestalt! eine Engelseele! Und ich sollte sie mir rauben lassen? Ich müßte nicht lieben, wenn ich das könnte! O daß ich dich vorhin recht verstanden hätte! — Doch es mag ausgebildeter Gedanke oder nur dunkles Vorgefühl der nahen Zukunft gewesen seyn — — sie hängt doch an meinem Winke. Wenn ich spräche: fliehe mit mir! so würde sie vielleicht Einwendungen machen, und sehr gegründete, und doch mit mir flehen. Wenn ich spräche: stirb mit

mit mir! so macht sie keine — wenigstens muß es so seyn. — Anton!

Eilfter Auftritt.
Anton. Duval. Franz.

Duval.

Ist Joseph noch nicht da?

Anton.

Nein, gnädiger Herr.

Duval.

So geht zur Frau von Doenberg, und sagt ihr, daß sie nun heute meinen Besuch nicht erwarten dürfe; ich hätte andere Entschließungen gefaßt. (Anton ab) Ja, es sey so! — (Pause) Franz!

Franz.

Lieber Papa!

Duval.

Ich habe Briefe zu schreiben, mein Kind, und

und möchte nicht gern gestört seyn. Wenn also jemand kömmt, so sage: wir wären alle ausgegangen. Die Bedienten müssen bald wieder da seyn. Wer zuerst kömmt, soll mir das reiche Kleid bringen, das in der Garderobe ganz hinten liegt.

Franz.

Gut, lieber Papa! Wenn Sie mich brauchen, ich bin in der Mama Stube, ich lese die hübschen Fabeln, die mir das Fräulein Chatmille dieser Tage geschenkt hat.

Duval nickt dem Kinde liebreich zu.

Du bist ein gutes Kind. Du wirst dir schon die Zeit vertreiben. (geht in sein Kabinet) Franz verriegelt die Thüre ins Vorhaus, bringt selbst die Kleider des Vaters und wirft sie auf einen Stuhl, und hüpft in Mariancns Zimmer.

Vierter

Vierter Aufzug.

Es wird geklingelt. Franz macht auf. Es ist Anton. Er ordnet allerhand im Zimmer. Joseph kömmt, und will nach des Herrn Kabinet. Anton winkt, daß der Herr verschlossen ist. Franz macht sich mit einem Kräusel oder Ball, oder dergleichen was zu spielen.

Erster Auftritt.
Joseph. Franz. Düval. Anton.

Joseph.
Ich möchte aber gar zu gern zum Herrn.

Franz.
Nein! er will nicht gestört seyn.

Düval ruft aus dem Kabinet.
Joseph!

Joseph.

Herr Baron!

Duval tritt heraus.

Hat der Graf den Brief?

Joseph.

Nein, der Herr Graf war ausgefahren.

Duval.

Desto besser! Gieb her.

Joseph.

Der Bruder des Herrn Grafen nahm ihn.

Duval.

So lauf geschwind, und laß dir ihn wiedergeben.

Joseph.

Soll ich nicht auf die gnädige Frau warten?

Du

Duval.

Nein, ohne Verzug!

(Joseph und Anton gehen ab.)

Zweyter Auftritt.

Duval. Franz.

Duval ungeduldig.

Iſt die Mama noch nicht da?

Franz.

Je nein! Sie bleibt recht lange. Aber ſeyn Sie nur nicht böſe! — Hören Sie, lieber Papa, ſchmälen Sie nicht, wenn ſie kömmt! Die arme Mama weint ſo immer!

Duval.

Guter Junge! Du biſt ſanft und mitleidig wie deine Mutter.

Franz.

Sie muß gewiß bald da ſeyn. Ich will unten im Garten auf ſie warten.

Du

Duval.

Thue das.

Dritter Auftritt.

Duval allein.

(er sieht nach der Wanduhr, die sechſe ſchlägt).

Schon Sechs, und noch nicht da! Mariane wollte nicht lange bleiben. — Gefällt es dir ſo dort, Mally, und ohne mich? Haſt du vergeſſen, was ich dich bat? Oder fürchteſt du dich vor mir? — (Pauſe). — Sie möchte wohl — (Pauſe) — Ha! und weswegen? Daß ſie auf immer und ewig mein und keines andern ſeyn ſoll? — Ich Thor! daß ich ſie gehen ließ, zu ſchwatzen, zu lachen, mit ihrem Witze zu ſchimmern, von dummen Gecken angeſtarrt, von eingebildeten Witzlingen bewundert, von lüſternen Schmeichlern bethört zu werden?

den? — — Die große Stunde könnte schon da seyn! unschickliche Vorbereitung darauf! Fühlst du keinen Stachel hier? (auf sein Herz weisend nach einer Pause) — O daß ich dich sehen könnte, wie du unbesorgt im süßen Selbstgefühl deines Werthes unter ihnen sitzest, fröhlich und frey und unschuldig, wie die sorglose Kindheit! — Nun so sey nur munter und frölich! das Leben der Gesellschaft, die Freude der Klugen! Lange Einsamkeit wartet deiner (mit einem dumpfen Tone) und — ewiges Verstummen. Bald wird das Auge brechen, das einst Dichter begeisterte! und kalt die Brust seyn, die Herzen in Flammen setzte! — — Sanft, sanft wirst du an deines Düvals Seite ruhen! — Zögere nicht! eile! laß die Stunde ewiger, unzertrennlicher, unstrafbarer Vereinigung

schla-

schlagen! . . . (ein Zug der Klingel.) Sie
ist's!

Vierter Auftritt.

Duval. Ein Hauptmann von der fürst‐
lichen Leibgarde.

Duval ein wenig zurücktretend, für sich.

Ungelegner Besuch!

Hauptmann.

Vergeben Sie, Herr Baron, daß ich
unangemeldet zu Ihnen hereindringe?

Duval.

Es ist mir viel Ehre.

Hauptmann.

Ihr Sohn unten sagte mir, Sie wären
zu Hause und frey.

Duval.

Das bin ich. Was ist zu Ihrem
Befehl?

Haupt‐

Hauptmann.

Ich habe einen Auftrag an Sie — und es thut mir leid, daß ich es bin, dem er gegeben worden.

Duval.

Unangenehm also?

Hauptmann.

Gewissermaßen — obwohl zu Ihrem Besten.

Duval.

Ohne Umschweife, Herr Hauptmann!

Hauptmann.

Sie haben diesen Nachmittag dem Herrn Grafen von Sternfeld ein Billet zugeschickt, dessen Inhalt unserer gnädigsten Fürstinn — —

Duval hitzig.

Wie kam die Prinzessinn zu dem Inhalte? — Der Graf war nicht zu Hause. —

und

und überhaupt, die ganze Sache ist aus. Ich habe alleweile hingeschickt, und den Brief zurückfordern lassen.

Hauptmann.

Zu spät, Herr Baron! Denn der Bruder des Grafen, dem er in die Hände gefallen ist, hat ihn aus Irrthum geöffnet, und erschrocken über den Inhalt nach Hofe gebracht.

Duval.

Der Feige! glaubte er, er müsse Secundant werden?

Hauptmann.

Beleidigen Sie niemand! Es wird Ihnen schwer fallen, den Prinzen zu besänftigen. Er hat ohnedem mehr als Eine Ursache des Mißvergnügens wider Sie.

Duval.

Er wird sie nicht lange mehr haben.

Haupt

Hauptmann.

Dieser neue Ungehorsam gegen seine Befehle; dieser Anfall auf das Leben eines Mannes, den er liebt, und der Sie sicher nie beleidigt hat, vermehrt gewiß seinen Unwillen, wenn Ihre Demüthigung und Reue ihm nicht zuvorkommen. Selbst die Prinzessinn ist aufgebracht, und verbietet Ihnen — darinn besteht mein Auftrag — heute und morgen aus Ihrem Hause zu gehen, bis ihr abwesender Gemahl zurückgekommen seyn, Sie selbst gesprochen, oder jemanden die Untersuchung der Sache wird aufgetragen haben. — Der Herr Graf hat — obwohl aus andern Ursachen — denselbigen Befehl erhalten.

Duval.

Es wird mir sehr leicht seyn zu gehorchen. Mein Vorhaben war ohnedieß, nicht auszugehen.

Hauptmann.

Noch einen kleinen Rath wollt' ich bitten, von mir anzunehmen.

Duval.

Worzu? — daß die Menschen so gern Rath ertheilen! — Nur kurz, wenn ich bitten darf.

Hauptmann.

Man hält Sie wegen einer gewaltthätigen Unternehmung auf das Fräulein von Charmille in Verdacht.

Duval etwas bestürzt.

So?

Hauptmann.

Ihr Freund Silly hat heute Anstalten gemacht, wie man beobachtet hat, die auf eine Entführung abzielen.

Du-

Duval.

Daran bin ich warlich sehr unschuldig. — Auch habe ich Silly heut und gestern nicht gesprochen.

Hauptmann.

Es kann seyn. Ich wiederhole aber meine Bitte. Lassen Sie Sich warnen! Ich bin nicht allein beordert, auf Ihre Bewegungen Acht zu haben: sondern es ist auch bereits unter allen Thoren Befehl gegeben.

Duval.

Sehr unnöthig! Glauben Sie mir; ich und das Fräulein werden hinausreisen, und niemand wird uns zu hindern begehren, sobald wir wollen werden.

Hauptmann.

So? das wird sich zeigen. Mir thut es leid, daß Sie Sich zum Läugnen herablassen.

Duval.

Bey allem, was ich jenseits des Grabes hoffe oder fürchte, ich habe keinen Theil an dem Unternehmen, ob ich wohl errathe, wer es treibt! — Herr Hauptmann! wollen Sie ein redlicher Mann seyn, der sich ins Herz schauen läßt: so schicken Sie Sich eine Kugel durch die Stirne. In der Welt können nur Betrüger, Heuchler und Lügner leben.

Hauptmann.

Mein Geschäfft ist ausgerichtet, Herr Baron. Haben Sie sonst was?

Duval.

Nichts; sagen Sie der Prinzeſſinn: mein Wille sey ihr ohne Einschränkung unterworfen; nur mein Herz wolle sich bis an seinen letzten Odemzug in Freyheit bewe-

bewegen. Ueber den Verlust meiner persönlichen Freyheit klag' ich nicht.

Hauptmann.

Leben Sie wohl! Ich hoffe Sie bald glücklicher zu sehen.

Duval.

O ja, und zwar sehr bald, sag' ich Ihnen.

(Hauptmann geht ab.)

Fünfter Auftritt.
Duval allein.

Ha; diese Begebenheit kam mir gerade zur rechten Zeit! Eine neue glückliche Befestigung meines großen Entschlusses! — Ich brenne von Verlangen ihn auszuführen. Meine Freyheit rauben sie mir, damit sie mit ihr machen können, was sie wollen? — — Schon gut! Ihr sollt sie nie wieder haben. Triumph!

Triumph! (mit hohem Affect) Sie ist mein! mein! — mein! — auf ewig mein! O Entzückung der Liebe! — und Rache! ah! wie süß bist auch du!

Sechster Auftritt.

Joseph. Duval.

Joseph.

Auch der Kammerherr war ausgegangen; und wo ich ihn aufsuchte, war er wieder weg.

Duval.

Alles gut, recht gut! Es liegt nichts mehr daran. — Lege mir die Kleider dort an.

Joseph indem er ihn aus- und ankleiden hilft.

Unterdessen habe ich da ein Billet von der Frau von Daenberg für Sie erhalten.

Du-

Duval der nun angekleidet ist.
Sieh! Zünde Lichter an!
(Joseph geht ab.)

Siebenter Auftritt.

Duval allein.

Was muß sie wollen, die Verrätherinn! (liest.)

„Lieber Baron,
„Sie sind so unthätig als unglück-
„lich. Ich trage Mitleiden mit Ihnen
„und Mally, und habe ohne Sie Maaß-
„regeln genommen. Der Wagen, der
„Mally auf den Abend aufs Palais ho-
„len wird, kömmt eine Stunde früher.
„Mein Vetter Silly wird drinnen seyn;
„ihm können Sie und Mally sich sicher an-
„vertrauen. Er wird Sie an einen sichern
„Ort bringen, wo Sie alsdann neue
„An-

„Anstalten treffen können. Lassen Sie
„diese Gelegenheit vorbey, so ist alles
„verloren. Um Zwölfe ist Mally nicht
„mehr in der Stadt, und wer weiß,
„in wessen Gesellschaft!"
Vortrefflich ausgedacht! In Wahrheit,
wenn wir den albernen Schritt thäten:
so wäre deine schändliche Absicht erreicht,
Verrätherinn! ha! wie würdest du dich
über uns lustig machen. Was aus uns
würde, kümmerte dich nicht. Sey ruhig!
So gut soll dirs nicht werden! — O es
ist auch schön niemanden in Weg zu treten,
und seine eigene freye Bahn zu wandeln.
(Joseph mit Lichtern) Vier Lichter trag' in
mein Kabinet, und laß die Gardinen nieder.
(Joseph geht ab.) Das Brautzimmer muß
erleuchtet seyn! Aber bin ich auch zur Hoch-
zeit geschmückt? — Dieß Kleid ist festlich
genug;

genug; ich trug es nur Einmal am Vermählungsabende des Prinzen. — Aber der Ring fehlt, mit dem sie sich mir verlobte. (er zieht ihn aus einem Etuit und steckt ihn an) Mit deinem geliebten Bilde? (küßt es) Heilige! Dein Anblick soll mich zum Tode stärken. Aber wo bleibst du?

(Duval geht ab, indem Anton und Joseph mit mehr Lichtern kommen.)

Fünfter

Fünfter Aufzug.

Die Bedienten zünden die Lichter auf den Tischen und an den Spiegeln an. Einer räumt die Kleider weg, die der Baron ausgezogen.

Erster Auftritt.

Ein Geräusch. Duval aus dem Kabinet.

Eine Kutsche! das werden sie seyn! geschwind Joseph! (Die Bedienten eilen mit Lichtern hinaus) Sie ist's! Schon hör' ich die süße, besänftigende Stimme. Liebe, holde Schwätzerinn!

Zweyter Auftritt.

Duval. Mariane. Mally.

(Die Damen stutzen ein wenig, da sie den Baron so geputzt erblicken. Er geht ihnen

ihnen entgegen, und küßt erst Marianen, dann Mally mit Feuer die Hand.

Duval.

Aber wo so lange? — Ich bat doch —

Mariane.

Ich habe es nicht vergessen, und wünsch-
te auch eher zu kommen.

Duval zu Mally.

Aber Sie?

Mally freundlich.

Es war nicht möglich. Immer Neuan-
kommende — und dann kennen Sie auch
die Reinfort, wie schwer es ist, von ihr
zu kommen.

Duval zärtlich.

Auch weiß ich, wie schwer es ist, Mally
von sich zu lassen. — Aber Sie schenken
mir dafür diesen Abend? Nicht wahr,
Ma-

Mariane, du siehst's gern, wenn unsre Freundinn mit uns speist?

Mariane freundlich.

Warum das nicht? Lieber, als wenn ich allein speise und Sie — fasten.

Duval.

Nun, so gieb Befehl! kleide dich aus — und Sie, Mally, erzählen mir unterdessen, wie Sie den Nachmittag zugebracht haben.

Mariane.

Wann wünschen Sie zu speisen?

Duval.

Allenfalls um neun Uhr. (zu Mally). Eher doch nicht?

Mariane.

Wohl! — (für sich) das heißt: bis um neune wollen wir allein seyn. (ab)

Dritter Auftritt.
Amalie. Duval.

Amalie.

Sie sind ausgewesen?

Duval.

Nein.

Amalie.

Aber so in Galla?

Duval.

Ist Mally nicht auch prächtig? ——

Amalie.

Für Sie doch nicht?

Duval.

Für mich: aber freylich nicht wegen dieser Livrey der Eitelkeit: aber Mally's Augen sind für mich die ganze Welt!

Amalie.

Schmeichler!

Du-

Duval.

Nein; (ernsthaft und feyerlich) dieß ist nicht die Stunde der Schmeicheley, des süßen Betrugs, oder gefallenden Scherzes — (heftig) Mally!

Amalie erschrocken.

Duval!

Duval.

Sey ruhig! — Es hat sich mancherley zugetragen, und doch giebts nichts Neues! Sieh! was beschlossen war, bleibt beschlossen. Es steht fest, wie Himmel und Erde!

Amalie.

Rede deutlich. (furchtsam) Was meynst du?

Duval.

Wir haben wenig Zeit. — wenig! Die Sache ist kurz so — dringend (unruhig, indem

indem er etwas zittert, und Stühle an den einen Tisch rückt) Willst du dich nicht setzen?

Amalie setzt sich mit Bestürzung nieder.

Duval.

Sieh Mally, die ganze Neuigkeit ist die: mir ist Hausarrest angedeutet, und dich — führen sie um Mitternacht — (fährt heftig auf) die Hölle weiß wohin?

Amalie sehr erschrocken.

Gott! wo weißt du das?

Duval setzt sich wieder.

Gnug, daß ich's weiß, daß es sicher so ist. Es ist zwar noch etwas im Werke, und wie es scheinen soll, zu unserm Besten: Deine Stiefmutter . . .

Amalie.

Zu unserm Besten, und von ihr? So fürchte ich alles.

H   Du

Düval.

Mit Recht! Auch ich. Höre nur: sie schlug mir vor, dich zu entführen, ehe die Stunde der Mitternacht schlüge, und erbot sich, alle Schwierigkeiten zu heben. Sie hat wirklich Anstalten durch Silly dazu gemacht, aber so laute — vermuthlich, damit sie der Prinzessinn zu Ohren kommen mußten und deswegen unter alle Thore Befehl ergangen ist. Die Ausführung wär also ohnehin vereitelt. Aber sage, wolltest du, daß ich mich drauf eingelassen hätte?

Amalie.

Nein, niemals! niemals! Wie oft hast du nicht mit mir fliehen wollen! Hatt' ich je einen Willen dazu?

Düval.

Das wußt' ich. Auch wäre dein guter
Name

Name verloren, auf immer zu Grunde gerichtet! Eine Entlaufene! mit mir! der ich durch andere Bande gefesselt bin? der ich nichts für dich thun — dich für nichts entschädigen könnte!

Amalie.

Ach! diese Furcht...

Duval.

Edle, großmüthige Seele! — dieß war nicht, was dich rührte, ich weiß das. — Aber sieh — meine Tugend ist schwach, heftig die Leidenschaft — deine Reize sind groß, die Gelegenheit gefährlich. — — Ich hätte mich nicht mit dir allein dahin gewagt, wo ich weder Gewalt, noch Gesetze, noch Obere zu scheuen gehabt hätte — Ich habe dir gelobt, deine Tugend unverletzt und heilig zu bewahren. Sieh! Ich habe das Gelübde gehalten! — Wenn ich's ich's gebrochen hätte! — — Danke dem Himmel, daß es nicht geschehen ist! (er steht auf und umfaßt sie.) daß noch itzt unsre Handlungen so rein blieben, wie deine Gedanken! — (sie äußert große Bestürzung, indem sie sich erhebt) Sey nicht erschrocken, meine Liebe! Aengstige dich nicht über der Feyerlichkeit dieses Augenblicks! — Es kommen noch größere Augenblicke. Es ist eine Wahl zu treffen, Mally! leicht oder schwer, nach dem dein Herz fühlt. — (es schlägt acht Uhr). — In drey Stunden bist du nicht mehr mein — — will Mally eines andern werden?

Amalie heftig schluchzend.

Nein Düval; keines — keines andern!

Düval.

In drey Stunden leb' ich nicht mehr.

mehr. — (Amalie bebt.) — Willst du mich überleben?

Amalie.

Nein, nein! Du hast mich ja (sie greift in die Tasche, zieht das Etuit heraus und schlägt darauf) zum Tode bewaffnet. Aber Gott! Du willst sterben? Muß es denn seyn? Mußt du sterben? — Itzt? itzt?

Duval.

Ob ich muß? Hab' ich dirs nicht gesagt? Ja ich muß, ich muß! Kann ich leben ohne dich? Will ich? — Dich verlier' ich? Sieh! was bleibt mir? Weißt du was anders, als den Tod? — Könntest du, wolltest du aber ohne mich —

Amalie zärtlich.

Nein, Geliebter! Aber der Fürst ist so mild, so gütig. — Warte nur noch auf seine Zurückkunft. Das Leben hat tau-

H 3 send

send Ausgänge — immer dir offen! Sprich ihn erst. Er wird dir den Fehler deiner übereilten Hitze vergeben — dich mit dem Grafen aussöhnen.

Duval wild.

Mit dem Grafen? Wozu nennst du den? verhaßter, verdammter Name! Will deine Zunge mich durchbohren, noch eh' es Zeit ist? O Mally! Mally! (mit Wuth) Sprich! kannst du dich entschließen mit mir zu sterben?

Amalie ängstlich.

Unsere Liebe...

Duval heftig.

Ha! die deinige ist todt! Wie könntest du in einer solchen Stunde vom Leben reden? (mit den Zähnen knirschend) Himmel! wie hab' ich mich vorhin getäuscht! (erbit-

(erbittert) Ha! auch du bist falsch, untreu, verrätherisch...

Amalie in großer Verwirrung sinkt vor ihm nieder, umfaßt seine Knie, und sieht ihn schmachtend an.

Auch ich?

Duval will sich los machen.

Quäle mich nicht!

Amalie heftig weinend.

Duval! — Duval! Darfst du an meiner Liebe zweifeln? Undankbarer! Was vergaß ich nicht alles für dich? — Was konnte mich rühren als deine Ruhe? Verhärtete ich nicht mein Herz gegen Marianens Kummer? Verschloß ich nicht mein Ohr dem Rufe der Freundschaft und der Stimme des Gewissens?—(Pause. Sie steht auf. Mit einem tiefen Seufzer). Meine Seele ist zu beunruhigt. Besinne dich selbst auf

alle

alle die Beweise, die ich dir von meiner Liebe gab; auf alles, was ich für dich gethan, geduldet, erlitten, dir aufgeopfert habe; — itzt — itzt leide — Aber solltest du alles vergessen haben — wie darfst du mir vorwerfen ...

Duval sehr gerührt und traurig.

Sieh, wozu du mich bringst! In meinen letzten Augenblicken dir Unrecht zu thun! — Kannst du mir vergeben? Ach! kannst du es! — (er umfaßt sie, und verbirgt sein Gesicht auf ihrer Schulter.)

Amalie schluchzt heftig.
Duval richtet sich auf.

Komm! mein Herz hält es länger nicht aus. Mir ekelt vor einem Leben, wo man sich irrt, sich verkennt, sich beleidigt! — Laß uns eilen.

Amalie zitternd.

Ach Duval! Ist denn sonst nichts zu thun?

thun? Der große Schritt in die Nacht der Zukunft — hat er für dich keine Schrecken? Mariane ist beleidigt, gekränkt — von uns — Unsere Herzen (noch ängstlicher) sind vor den durchdringenden Augen jenes Richters vielleicht nicht unschuldig! — Meine Seele erhebt von tausend Gedanken, die bisher noch nie erwachten, itzt fürchterlich sich erheben. Meine Seele schaubert vor dem bangen Anblick einer — einer Ewigkeit!

Duval mitleidig.

Gute Mally! dein weiches Herz, deine Jugend, Eindrücke einer abergläubischen Erziehung machen deine Zweifel sehr natürlich. Laß dich das nicht schrecken. — Glaube mir, Liebe ist nicht das Werk unsers Willens. Willenlose Verbrechen — wenn's auch eines gewesen wäre, zu lieben

ben — ſtraft kein weiſer und gerechter Richter. Und wär auch an uns etwas von Schuld gegen Marianen: ſo iſt unſer freywilliger Tod ein Mittel, ſie zu büßen, und Marianen genug zu thun. —

Amalie.

Ja, wenn er das wäre!

Duval.

Oder hängſt du ſonſt noch an den Freuden und Hoffnungen eines eitlen, thörichten Lebens?

Amalie.

Nicht mit Einem Wunſche!

Duval.

Was hätteſt du auch in der Welt mehr zu hoffen? — Alles Glück liegt in der Liebe. Wer könnte dich ſo lieben wie ich? — Alles andre Vergnügen iſt leer und

schwach,

schwach, und das Alter — langweilig — ohne Liebe!

(Es schlägt drey Viertel auf Neune.)

Amalie erschrickt.

Wie die Zeit eilt!

Duval.

Fürchte dich nicht! Für uns ist der Tod nicht Trennung; und nur darum wär er uns fürchterlich. Sagtest du das nicht oft? — Freue dich vielmehr! Die Liebe schenkt uns, was sie Millionen Liebenden versagt: im Tode vereinigt zu seyn! ewig! ewig! welche Glückseligkeit! — und diesen Tod könnte Mally fürchten?

Amalie.

Ich fürchte den Tod nicht als Ende des Lebens.

Duval.

Also willst du — du willst mit mir sterben?

sterben? (er fällt ihr um den Hals) Welche
Wonne! welch Entzücken!

Amalie.

Wenn ich nicht mit dir leben kann;
wenn ich muß —

Duval.

Du mußt nicht: aber du willst — ja
du kannst mich nicht allein gehen lassen!
Du liebst mich viel zu sehr — Amalie
würde mich überleben wollen — können?

Amalie.

Nein, das wird und kann sie nicht,
wenn du, du sterben mußt.

Duval.

Und ich muß: das hast du gehört!
das weißt du! und du willst mich nicht
überleben? Heil! Heil mir! O Amalie!
Amalie! so komm dann unverzüglich, unverzüglich zu dem großen Werke. Ich ringe

dar-

darnach). — O fühl' es ganz, was es heißt, dich nie verlieren zu können! Von nun an auf ewig, ungestört, unbedroht dein zu seyn! — Vor dem Gedanken schwindet alles! Kennst du einen größern Wunsch?

Amalie.

Und Marianen nicht mehr zu beleidigen! — Ach die arme Mariane! Ich hätte so gern von ihr Abschied genommen!

Düval.

Ich auch. — Ich hatte sogar den Gedanken, sie zu vermögen, mit uns — — aber es ist nichts; und Franz braucht auch eine Mutter.

Amalie.

Ja wohl! den Vater zu verlieren —

Düval.

Schadet ihm nichts. Ich bin, Gott

weiß

weiß es — zu allen meinen Pflichten untüchtig. Meine Seele hat nur noch dieß einzige Vermögen, dich zu lieben, nur noch den einzigen Trieb, mit dir zu sterben. Nur das einzige Verlangen, dich ewig zu besitzen. — Ich habe an Marianen geschrieben. Sie wird uns beweinen, die Gute! am meisten dich! — Eine deiner schönen Locken hab' ich ihr vermacht — darf ich mit deinen Schätzen so freygebig seyn? — Erlaube, daß ich sie itzt ablöse.

Amalie.

Ja! — und die andre der Fräulein von Reinfort.

Duval.

Wie du willst. (er zieht eine Scheere aus seinem Etuit, und schneidet die zwo untersten Haarlocken ab.)

Ama-

Amalie indem sie Ohrgehenke und Halsband von Juwelen oder Perlen abthut, und ihm übergiebt.

Diese Geschenke habe ich noch (jedoch ohne darauf zu bestehen) bey ihrer Bestimmung gelassen. Ich dachte, sie müßten Marianen schrecklich seyn. Menschen ohne Delikatesse möchten auch auf den Einfall gerathen, Amalie wolle Marianen dadurch eine Art von Vergütung leisten. Auf eine gemeinere Seele, wie man sich Clara denkt, können sie irgend einen guten Eindruck machen, und ihren Haß gegen Verstorbene mildern. Und dieses Geschmeide — — es ist ein Geschenk meiner gnädigen, ewig verehrten Fürstinn — soll Clara haben. Auch dieß war ein Gegenstand ihres Neides. Ich verzeih' ihr. Vielleicht bewegt sie dieß auch zu einigen

nigen Thränen auf mein Grab und zu einem liebreichen schwesterlichen Andenken
an Mally.

Duval.

Ich habe an deine Stiefmutter geschrieben.

Amalie.

Dieß will ich noch beyfügen.

Duval für sich.

Schöne Seele! Mit Entzücken seh ich,
wie sie sich über der Zubereitung zum Sterben erheitert! (zu Amalien) Wünschest du
sonst noch was?

Amalie.

Da ich mit Marianen nicht reden darf
— nicht reden könnte: so wollt' ich gern
noch ein paar Worte an sie schreiben —
ihr mitleidig Herz nur um Verzeihung, nur
um ihre fromme Fürbitte anflehen.

Du-

Duval.

Thue das, Beste! Geh in mein Kabinet, der Schreibetisch ist offen. (ungeduldig) Aber eile! Ich bin bald bey dir.

Amalie die sich währendem Reden dem Kabinette nähert.

Nicht gleich! Laß mir Zeit meine Gedanken zu sammeln. Mir schwindelt vor dem Abgrunde — vor dem eigenmächtigen verbotenen Tode! — und nach einem (leise und furchtsam) ach! in verbotener Liebe zugebrachten Leben! —

Duval macht eine ungeduldige Geberde.

Amalie.

Du mußt Geduld mit mir haben. Ich habe dir noch viel zu sagen — viel — (bewegt) Ach! ich besitze nicht deine männliche Festigkeit! deine Mally ist schwach —

(Sie geht ins Kabinet.)

Vierter Auftritt.

Düval allein.

Ja, du bist schwach, weil du mich nicht liebst, wie ich dich. — Auch dieß war eitler Selbstbetrug! — Gut! Es war nicht in deinem Herzen so zu lieben. Was kannst du für dein Herz? Aber der Muth, deinen Düval nicht zu überleben, ist auch nicht in deinem Herzen! Es ist nicht deine Schuld — ein frommer Aberglaube an Chimären. Ich muß dir zu Hülfe kommen, es wäre zu viel für dich allein, das seh' ich. — (Pause. Mit Ueberlegung) Und sähe sie erst den Tod auf meiner blassen Stirn —, in meinem brechenden Auge: wie würd' er sich mit zehnfachen Schrecknissen gegen sie rüsten! — Und das Gift — nähme sie es auch —

ein

ein unsicherer, langsamer, qualvoller Tod! Oder sie nähme Hülfe an, gewönne das Leben wieder lieb, — würde eines andern — des Grafen! — nein, nein, besser, ein schneller, leichter Tod! Das Stilet in meinem Stocke — (er nimmt den Stock aus einer Ecke des Zimmers, schwingt das Stilet heraus, und läßt es unterm Reden wieder hinein) — Eine kleine Wunde, gerade ins Herz, von deines Duvals Hand, kann unmöglich schmerzen, versichert uns ewiger Vereinigung! (feyerlich, indem er nach dem Kabinette zeigt) Dieß bringe dich in Sicherheit und Ruhe, — und unverzüglich folg' ich dir! (er hat sich dem Kabinette genähert, und sieht einige Augenblicke schweigend still) — Sie regt sich — (er öffnet die Thüre, und indem er hineintritt, und das Fräulein nahe bey der Thüre gleichsam hindert herauszukommen)

Bist

Bist du nun fertig, meine Liebe? — (er macht die Thür hinter sich zu, und man hört den Riegel vorschieben.)

Fünfter Auftritt.

Anton, Joseph gucken erst und treten dann herein.

Anton.

Sind sie endlich hinein? — Nun müssen wir den Tisch decken. Wer weiß aber, wie lange es noch drinnen währt?

(Die Bedienten decken einen Tisch auf vier Personen. Im Kabinet wird stark geredet.)

Joseph.

Sie sprechen ziemlich stark. Man könnte alles verstehen.

An-

Anton.

Ich mag nicht. Es ist schändlich zu horchen.

Sechster Auftritt.

Mariane. Die Vorigen.

Mariane.

Wo sind sie?

Joseph.

Dort in ihrer Klause, wie gewöhnlich, verriegelt.

Mariane klopft an die Kabinetthüre.

Duval von innen, gelassen.

Wer ist da?

Mariane.

Ich wollte hören, ob's nun gefällig wäre zu speisen?

Düval von innen.

Noch nicht. — Ich habe noch viel zu reden. — Ich werde klingeln.

Mariane geht verdrüßlich in ihr Zimmer.

Joseph.

Nun da haben wir's! Ich dacht's wohl, daß wir noch eine Stunde würden warten müssen. Ich bewundre nur der gnädigen Frau Geduld.

(Indem sie immer noch am Tische decken, Stühle und Lichter hinsetzen.)

Anton.

Und darüber wird noch die Kutsche kommen. Die Fräulein wird auf's Palais müssen, niemand wird essen, und wir werden gedeckt haben, um wieder abzuräumen.

(Es wird im Kabinet stark geredet.)

Jo-

Joseph.

Ich möchte aber doch wissen, was sie drinnen hätten. Sie müssen sich zanken: die Liebe zankt sich freylich auch. An der Thür aber mag ich nicht horchen, lieber draußen.

(Er läuft ins Vorhaus, um an einer äußern Thür des Kabinets zu horchen.)

Anton.

Die verdammte Neugier!

(geht auch hinaus.)

Siebenter Auftritt.

Die Kabinettthüre wird schnell aufgeriegelt. Amalie leichenblaß mit einem Schnupftuch ans Herz haltend kömmt heftig und wankend herein. Sie eilt nach Marianens Zimmer, kehrt aber schnell und taumelnd um nach der Thüre des Vorhauses. Anton und Joseph kommen

men herein ihr entgegen. Sie scheint
zu sinken. Die Bedienten fangen sie
auf und schreyen zugleich:

Anton und Joseph.

Gnädige Frau! Hülfe! Das Fräulein
ist blessirt!

Achter Auftritt.
Mariane eilt herein. Die Vorigen.

Mariane.

Um Gottes Willen! (sie greift nach dem
Fräulein, das in ihre Arme sinkt.)

Amalie schwach.

Der Grausame! — Ach Mariane!
— Er hat dich gerächt — mich —,
mich gestraft! — Kannst du mir vergeben? — Wird Gott — — O du schreckliches — schreckliches Gericht! —
(sie sinkt in Mariannens Armen nieder.)

Ma-

Mariane.

Gott! Sie stirbt! (Sie legen sie sanft auf den Boden.)

Joseph.

Der Unmensch! Er zankte mit ihr. Er hat sie umgebracht. (ein Schuß. Joseph fährt zusammen) Himmel! Er schießt nach uns, weil wir ihr helfen.

Mariane fast ohnmächtig vor Schrecken.

Entsetzlich!

Neunter Auftritt.

Es dringen viel Leute aus dem Hause und von der Gasse, Franz und das Dienstmädchen herein. Der Hauptmann von der Leibgarde ist darunter.

Hauptmann.

Ah, was geht hier vor? — Wo ist

der Baron? — Ich sollte in der Nähe
auf ihn Acht haben. — Es geschah ein
Schuß — und — (mit Schrecken) eine
Mordthat! Fräulein von Charmille er-
mordet! — Wo ist der Baron?

*Mariane sinkt in Ohnmacht, ihr Mädchen
und andre bemühen sich um sie. Andre besehen die Leiche; alle geben Bestürzung, Schrecken und Mitleid zu erkennen.*

*Franz zu den Füßen seiner Mutter, die er
umfaßt, schreyt ängstlich:*

Ach Mama! Mama! Hat er Sie auch
umgebracht? Ach sterben Sie nicht! sterben Sie nicht auch! —

Anton zum Hauptmann.

Der Herr ist draußen. Wir trauen
uns nicht, er hat gewiß nach uns ge-
schossen.

Haupt-

Hauptmann schlägt die beyden Thüren des Kabinets auf und geht hinein. Man sieht den Baron Düval sitzend an einem Tische, mit der Brust angelehnt, voll Blut, den Kopf vorwärts, die Arme herabhängend. Die Pistole, womit er sich erschossen, liegt auf dem Boden. Die vier Lichter brennen auf dem Tische. Etliche versiegelte Briefe liegen darauf.

Entsetzlich! Der Baron erschossen!

Mariane kömmt ein wenig zu sich.

Mein Gemal todt! — Düval — — sein eigner Mörder! — Ach Mally! — — (sie sinkt wieder zurück. Franz ist in's Kabinet gelaufen, wird ohnmächtig beym Anblicke seines Vaters und hinweggebracht.)

Hauptmann mit den Briefen in der Hand aus dem Kabinette.

Schreckliche, entsetzliche Folge eines gesetz- und sittenlosen Lebens! O Düval!

in

in welchen schauervollen Abgrund hast du dich mit deiner armen Geliebten gestürzt! — (er ließt die Ueberschriften von den Briefen ab.)

Mariane erwacht von der Ohnmacht.

O Düval! Mally! Wie unglücklich habt ihr mich gemacht! — wie weit unglücklicher euch!

(Der Vorhang fällt zu.)

Ende des Trauerspiels.